# O poeta *e outras crônicas de literatura e vida*

# Rubem Braga
# O poeta *e outras crônicas de literatura e vida*

Seleção e prefácio Gustavo Henrique Tuna

São Paulo
2017

© Roberto Seljan Braga, 2016
1ª Edição, Global Editora, São Paulo 2017

**Jefferson L. Alves** – diretor editorial
**Gustavo Henrique Tuna** – editor assistente
**André Seffrin** – coordenação editorial
**Flávio Samuel** – gerente de produção
**Flavia Baggio** – preparação de texto
**Jefferson Campos** – assistente de produção
**Fernanda Bincoletto** – assistente editorial e revisão
**Tathiana A. Inocêncio** – projeto gráfico
**Victor Burton** – capa
**Jonis Freire e Eduardo Cavalcante** – apoio à pesquisa documental

Obra atualizada conforme o **NOVO ACORDO ORTOGRÁFICO DA LÍNGUA PORTUGUESA.**

**Imagens:**
Capa: Gil Pinheiro/Manchete
p. 90, 93 e 94: AMLB – Fundação Casa de Rui Barbosa
p. 92, 95 e 97: Biblioteca particular de André Seffrin

Todas as iniciativas foram tomadas no sentido de estabelecer-se suas autorias, o que não foi possível em todos os casos. Caso os autores se manifestem, a editora dispõe-se a creditá-los.

**CIP-BRASIL. CATALOGAÇÃO NA PUBLICAÇÃO**
**SINDICATO NACIONAL DOS EDITORES DE LIVROS, RJ**

B795p

   Braga, Rubem
   O poeta e outras crônicas de literatura e vida / Rubem Braga ; coordenação André Seffrin ; seleção e prefácio Gustavo Henrique Tuna. – 1. ed. – São Paulo : Global, 2017.

   ISBN: 978-85-260-2339-0

   1.Crônica brasileira. I. Tuna, Gustavo Henrique. II. Título.

17-39905                             CDD:869.8
                                   CDU:821.134.3(81)-8

Direitos Reservados

**global editora e distribuidora ltda.**
Rua Pirapitingui, 111 – Liberdade
CEP 01508-020 – São Paulo – SP
Tel.: (11) 3277-7999 – Fax: (11) 3277-8141
e-mail: global@globaleditora.com.br
www.globaleditora.com.br

Colabore com a produção científica e cultural.
Proibida a reprodução total ou parcial desta obra sem a autorização do editor.

Nº de Catálogo: **3959**

O poeta *e outras crônicas de literatura e vida*

# Sumário

Um imenso mar de letras – *Gustavo Henrique Tuna*............9

O homem cordial ................................................................. 13
Lembrança de Lobato ........................................................ 17
José Lins............................................................................... 21
O velho................................................................................. 23
Dantas ...................................................................................27
João Condé, o arquivista................................................... 31
Prudente .............................................................................. 35
O poeta.................................................................................39
Afonso Arinos .....................................................................43
Alvinho .................................................................................47
Academia ............................................................................ 49
Dois cinquentões................................................................ 51
Clarice Lispector, uma contista carioca.........................53
Gente que morre................................................................. 55
Meu professor Bandeira....................................................57
Joel cinquentão.................................................................. 61
Stanislaw Ponte Preta ........................................................63
Lembranças de Antoninho Alcântara .............................67
Abraço para José ................................................................ 71
Vinte anos sem Aníbal ......................................................73
Agrippino Grieco está fazendo falta................................75

Quando Quintana faz 80 e com quem
ele almoçou aos 60 ..................................................................77
Clodomir faz-se oitentão............................................................79
Nunca vi tanta mulher chorando ............................................83
A morte misteriosa de Schmidt................................................85

Sobre o autor................................................................................99
Sobre o selecionador................................................................101

# Um imenso mar de letras

Apesar de sempre ter sido considerado o maior cronista brasileiro, Rubem Braga vislumbrava seu ofício como uma forma de sobreviver, e recusava, sem pestanejar, a alcunha de literato. Talhado nas redações de jornais desde a juventude, não se inebriava diante do lugar que sua obra naturalmente ocuparia no meio literário nacional. Colaborador assíduo dos principais jornais e revistas brasileiros do século XX, foi por meio da reportagem e, mais intensamente, da crônica nos veículos de imprensa que Rubem Braga tirou seu sustento.

Mesmo reticente em se autodenominar escritor, o cronista travou contato com uma infinidade de escritores estrangeiros e brasileiros. Em meio ao turbilhão de atividades que exerceu – repórter, cronista, correspondente internacional de guerra, embaixador, editor –, Rubem Braga viveu com total familiaridade entre os grandes homens e mulheres que comporiam o mundo das letras no Brasil, pois era um deles. Volta e meia o cronista utilizava o espaço que desfrutava nas publicações para registrar sentimentos de amizade, admiração e saudades em relação a vários colegas de ofício. E, ao retratar essas figuras, compartilhava momentos que testemunhara, comportamentos e, invariavelmente, boas histórias.

Integrantes do acervo do escritor doado ao Arquivo-Museu de Literatura Brasileira da Fundação Casa de Rui Barbosa, no Rio de Janeiro, as 25 crônicas de Rubem Braga aqui coligidas discorrem sobre diversos amigos e colegas que compartilharam a ventura do ofício de escrever no país. Romancistas, poetas, contistas, cronistas, filólogos, críticos literários, historiadores, jornalistas e outros profissionais que produziram o que de melhor foi escrito no Brasil no século XX estão ternamente eternizados por Rubem no presente volume. Álvaro Moreyra, António de Alcântara Machado, Augusto Frederico Schmidt, Carlos Drummond de Andrade, Clarice Lispector, Graciliano Ramos, Joel Silveira, José Lins do Rego, Manuel Bandeira, Monteiro Lobato, Stanislaw Ponte Preta (Sérgio Porto) e Sérgio Milliet são alguns dos nomes que aparecem nas crônicas deste livro.

As lentes que o escritor utiliza para conceber tais retratos são cuidadosamente escolhidas e operadas. Em alguns casos, um evento específico da vida do literato testemunhado por Rubem é por ele pinçado, fazendo com que sua objetiva amplie a visão que dele se obtém. Em outros, o cronista parece dispor lado a lado vários instantâneos de uma trajetória, fazendo emergir contrastes que revelam as virtudes e as fraquezas do colega que é objeto de seu fascínio e perplexidade, a partir de seu ângulo singular de ver e ler o mundo.

Com este livro, o leitor poderá mergulhar numa espécie de baía do imenso mar de letras a circundar o cronista, uma experiência tão inebriante quanto a da paisagem que ele contemplava no Rio de Janeiro, do alto de sua cobertura da rua Barão da Torre.

*Gustavo Henrique Tuna*

# O homem cordial

É preciso que todos estejam atentos: o bispo e o artesão, o leiteiro e o poeta. A hora é quase chegada. Não é a hora do amor nem da política; nem de jogar pedras nem de erguer muros; nem de pensar na vida nem de gozá-la ou sofrê-la. Essas coisas temos feito; mal, porém, sempre. Temos bebido com extraordinária pressa e circunspecção; temos esperado o telefonema com desespero inútil; e temos trabalhado com uma surda má vontade e um sensível desânimo. Às vezes temos a impressão de não estar vivendo, porém sobrevivendo, vagamente mortos; mas uma força não direi indômita, porém vamos dizer, ranheta, nos aguenta em pé, nos move os braços para pegar o lotação, os dedos para bater à máquina, os olhos no rumo da mulher, o sangue na fraca veia.

Cada um de nós tem seus amigos íntimos ou pelo menos mais ou menos. Porém o que vamos festejar é mais que um amigo; é a amizade. Trata-se de fazer a Festa do Homem Cordial, pois eis que ele faz 50 anos em agosto.

Cinquenta anos é pouco para o gênero de trabalho a que se dedica Rodrigo Melo Franco de Andrade; ele trabalha devagar, colecionando afetos com discrição e calma. É lento e fiel; à primeira vista parece fosco, mas devagar vamos sentindo sua silenciosa irradiação. Um dia descobrimos que dele podemos falar bem com toda e qualquer pessoa; e é um sossego haver uma pessoa assim.

    Ora, nessa pessoa vamos festejar o grave e quieto sentimento. Acho que devemos fazê-lo (dane-se Rodrigo!) com um extraordinário estrondo. Preparem os poetas seus cantos genetlíacos; e desde logo em alguma fazenda de Minas se asse o lombo de porco e se ponha a descansar numa lata de banha; reserve-se o vinho e poupe-se a melhor cachaça; imaginem as damas o vestido mais simples e belo para a Grande Tarde; convoquem-se as sociedades sábias e as rodas de botequim; aprestem-se os suplementos dominicais, comprem cordas os violeiros, acendam-se as velas de todos os velórios, e que os desdentados ponham dentes, os esfarrapados comprem roupa em dez prestações sem fiador, os pintores preparem as telas – pois o Homem Cordial vai posar, vai ouvir (a cabeça meio caída para um lado), vai comparecer à missa solene, ao baile da penumbra; sua voz será gravada, seu busto esculpido, sua obra republicada, sua mão apertada, sua personalidade discursada, seus particípios passados repetidos.

    Quando ouviu dizer que os alemães tinham entrado em Paris, Rodrigo estava conversando com uma ilustre senhora, a quem trata com o maior respeito. Ficou intensamente comovido, colocou a mão no ombro da dama e disse:

– Minha cara, estamos perdidos.

Não disse exatamente assim. Disse uma palavra feia. Mas o que disse não espantou a senhora, porque foi dito com uma funda emoção: foi dito da maneira mais bela.

Não, não estamos perdidos. Vamos nos encontrar em volta do Homem Cordial e dizer-lhe que, em vista disso, fica provado que nem tudo está perdido.

*Diário de Notícias*, 13 de junho de 1948

# Lembrança de Lobato

Eu tinha 20 anos quando fui para São Paulo sem conhecer ninguém, e comecei a escrever em um diário. Isso foi pouco depois da Revolução Constitucionalista, que eu acompanhara na frente do Túnel durante pouco mais de um mês. Uma reportagem um tanto absurda feita na frente legalista para um jornal rebelde – como repórter perfeitamente neutro. Por sinal que meu censor era... o sr. Benedito Valadares, então chefe de polícia naquela frente, onde o sr. Otacílio Negrão de Lima comandava um batalhão de engenharia. (Estou ficando muito histórico.) Acabei naturalmente preso, mas fui logo depois solto em Belo Horizonte.

Quando cheguei a São Paulo, meses depois, e me danei a escrever, muita gente não gostou. Eu era talvez um pouco desabusado, e cheguei a inventar a história de um Braga do século XVII, bandeirante caçador de índios, o que indignou a muitos regionalistas, separatistas e confederacionistas... e me valeu a amizade de António Alcântara Machado.

Houve um escritor que chegou a pedir minha expulsão do estado. Lobato, rindo muito, me contou isso no dia em que lhe fui apresentado; no mesmo dia me contou a história da briga que teve com um padre quando era menino e mais cinco ou seis casos, quase todos passados no interior. Tratou aquele magro moço jornalista recém-chegado como trataria um irmão mais moço.

De outra feita, cheguei a São Paulo, tocado não sei por que azares da vida, e não tinha emprego nenhum. Esbarrei com Lobato na rua, ele me levou para seu escritório, falou de ferro, de petróleo, de Camilo Castelo Branco e do Brasil em geral e quando soube que eu estava no desvio ofereceu-se para me arranjar um emprego n'*O Estado de S. Paulo*. Deu-me uma carta para Léo Vaz: creio que não tive coragem de entregá-la, tão brutalmente exagerado era o que dizia de mim. Ele fazia isso com a mesma tranquilidade para qualquer pessoa, e escrevia prefácios absurdamente entusiásticos para qualquer livreco de moço escritor.

Lembro-me que certa vez discordei de uma atitude sua e lhe escrevi uma carta talvez um pouco áspera. Tão malcriado com os poderosos, ele foi paciente e tolerante com o companheiro mais moço.

Vi-o, depois disso, ainda algumas vezes, um tanto abatido pela morte de pessoas queridas, mas sempre com aquela energia vital de menino; falou-me do Espiritismo, tentou ensinar-me pintura com uma receita ingênua, e recordou uma longa conversa que teve com o ditador Vargas quando este, certa vez, o convidou para chefe de seu Departamento de Propaganda. Impressionara-se o ditador com o poder de convicção da prosa polêmica de Lobato. Este acabou lhe explicando que só sabia convencer os outros daquilo em que ele mesmo acreditava; não podia aceitar o emprego...

Lobato estava sempre acreditando em alguma coisa, e com veemência. Ele acreditava em Dona Benta, no Marquês de Rabicó, na Narizinho, em todo o seu povo encantado. Foi por isso que essa gente viveu, e vive, e não deixará Lobato morrer: ficará aí contando as histórias dele. As histórias de um homem aventuroso, destemido, engraçado e bom.

*Diário de Notícias*, 7 de julho de 1948

# José Lins

Vamos escoltando José Lins do Rego até a sua Paraíba natal; estamos nesta casa imensa do Engenho Corredor, onde ele nasceu, onde ainda passeia a sombra de seu avô José Paulino. Depois almoçamos no engenho Itapuá e quem faz esta grande buchada, esses intermináveis pratos de carneiro, porco, peru, quem arruma na mesa as grandes frutas, quem serve os doces da terra é a negra Salomé, que ia com ele para a escola no Pilar. Quem os levava no mesmo cavalo era o pai de Salomé e do Moleque Ricardo, Zé Ludovico, e a negra conta: "Dedé ia na frente, meu pai no meio e eu de garupa". Agora Dedé tem 50 anos: há quase vinte que o conheço, e perco uma pescaria em Caraguatatuba e Ilha de São Sebastião, velho sonho marítimo, para vir aqui, até este canto de várzea do Paraíba do Norte, ouvir discursos junto ao seu busto, sob o sol tremendo.

Ele lembra que Vitorino Papa Rabo protestaria contra essa festa. Personagens seus estão aqui, na cidade e nos engenhos, em pessoa; e por toda parte, a sombra dos outros, que já morreram, mas que a gente sente vivos, atravessando o curral, entrando na casa de purgar, chamando alguém na casa de farinha. Mas não lhes presto muita atenção; no fundo nenhum deles existe, o personagem único é José Lins do Rego. Ele está alegre, mas com um ar bem comportado, numa espécie de felicidade tímida.

As festas daqui e de João Pessoa, todas as homenagens e discursos, toda a consagração de sua obra, não é nada disso que lhe dá esse ar. Já o vi assim jantando com ele em sua casa perto da Lagoa – com a mulher e três filhas na mesa. É esse ambiente, de família, de ternura feminina que adoça e faz feliz o homem de alegrias bruscas, de rompantes sem razão e de melancolias nervosas. Em sua casa, como aqui, embalado pelas ternuras mansas, ele recupera a mãe que perdeu logo depois de nascer.

Da varanda da casa-grande vejo o telhado negro do engenho; converso com moleques que vão para debaixo da gameleira comer seus pratos. O que de longe, para quem lê sua obra, é pitoresco, aqui é apenas humano: nenhum escritor do Brasil é mais simples e legítimo do que esse que fez de sua infância um mundo de sonhos para todos nós.

*Correio da Manhã*, 20 de fevereiro de 1952

# O velho

Faz 60 anos este mês esse grande pessimista de coração de menino que se chama Graciliano Ramos.

Para mim ele sempre foi "o velho Graça". Tenho tido na minha obscura vida mais honras que mereço: uma grande, e que especialmente me comove, foi a de ter sido seu companheiro de pensão, há uns quinze ou dezesseis anos atrás.

Meu quarto era de frente, na Corrêa Dutra, e dava para a ruazinha cheia de pensões, inclusive a casa das irmãs Batista. Seu quarto era o dos fundos, e dava para o zinco de uma grande garagem imensa, onde passeavam gatos vagabundos. Acho que foi Lúcio Rangel que nos levou para ali, eu com minha mulher, ele com a dele e duas meninas.

Até hoje não descobri com que artes heroicas sempre conseguimos, ainda que com atraso, pagar a pensão àquela velhinha meio pancada que só o chamava de Braziliano e nos explicava tranquilamente, quando a comida piorava muito, ou não havia manteiga no café da manhã, que fora infeliz na roleta; jogava sempre no número da catacumba do Flori, seu marido; mas o finado não dava muita sorte.

Eu ainda poderia lembrar aquele "tira" que ficou estupefato, quando começou a falar de Victor Hugo na mesa, para brilhar na conversação, e Graciliano, chateado, decretou rispidamente: "Victor Hugo era uma besta"; do intendente naval e sua senhora, que não era sua senhora; do Vanderlino; da alegre pensão do lado, com a bela morena que às vezes ficava nua com a janela aberta; da cerveja do botequim da esquina de Bento Lisboa.

Mas são tudo coisas vulgares em si mesmas, e ainda mais o seriam para o leitor, que as não viu, nem viveu. O que as torna grandes para mim é a sua ligação com a figura desse sertanejo amargo e amigo que saíra da cadeia de cabeça raspada, saúde estragada e sem tostão, e não se queixava, nem pedia nada a ninguém. Acordava cedo, lavava a cara quando o dia ainda estava clareando e ali no quarto onde a mulher e as filhas ainda dormiam, abria o armário de pinho envernizado, tomava um trago de cachaça, tirava da carteira seis cigarros Selma, batia-os e apertava o seu fumo até que a parte da ponta da cortiça ficasse vazia, dispunha-os na mesa, colocava ao lado seis paus de fósforos, abria o tinteiro, pegava a caneta – e lentamente, com sua letra retilínea, onde até as emendas são rigorosamente corretas, escrevia um capítulo de romance numa prosa seca, precisa, limpa e entretanto estranhamente sensível, que é das melhores que já foram escritas em língua portuguesa.

Doente e pobre, o velho Graça vai fazer 60 anos. Nossa amizade, que nenhuma diferença de política jamais afetou, sempre foi seca de expressões, econômica de gestos e palavras. Conheço o velho. Ele dirá algum desaforo amigável quando ler estas linhas. Mas não evitará o comovido abraço que lhe mando.

*Correio da Manhã*, 21 de outubro de 1952

# Dantas

Entrei e saí mais de uma vez do *Diário de Notícias*, mas nunca perdi o meu lugar na amizade de Orlando Dantas. Trabalhei na banca da redação, como "tradutor" de telegramas, fiz tópicos e editoriais, reportagens e entrevistas, assinei crônica diária durante muito tempo. E quem já funcionou na rua da Constituição sabe que isso obrigava a um contato quase permanente com Dantas – pois não saía coisa no jornal dele que ele não lesse, vigiasse, esmiuçasse. À primeira vista era um ditador, tão minuciosamente fiscalizava e dirigia tudo. Mas a verdade é que não conheci, em tantos jornais em que já trabalhei, um diretor que soubesse respeitar mais a opinião de seus colaboradores. Teve, por isso mesmo, o *Diário*, e continua a ter, a colaboração de alguns dos jornalistas mais independentes e desconfortáveis do Brasil. Cioso até o fanatismo da independência de seu jornal, Dantas tinha um raro respeito pela opinião de seus colaboradores. Mais de uma vez ele visou artigos meus de que discordava inteiramente, e que contrariavam a posição de seu jornal em um determinado assunto. Bastava-lhe a certeza de que eu escrevia de boa-fé; de resto nossas divergências nunca foram além de alguns limites marcados por uma aversão comum a todo sistema de opressão, de exploração e de hipocrisia, a tudo isso que no Brasil de nosso tempo tem sua expressão mais perfeita e melancólica nessa subaventura da mediocridade intelectual e moral que é a essência do Getulismo.

Teimoso, duro, turrão, às vezes injusto, Dantas tinha uma extraordinária delicadeza diante das pessoas que ele respeitava – e esse respeito era uma dádiva sua, era instintivo e insubordinável. Em uma das últimas vezes que discutimos (eu já não estava em seu jornal), e foi em um café de Paris, resolvi dizer que discordava de sua atitude em um dos casos que mais o apaixonaram em toda sua carreira de diretor de jornal. Não o demovi um milímetro de sua certeza de estar coberto de razões; mas me comoveu, naquele homem veemente, o esforço que fez para ouvir e entender a minha opinião.

Quando eu assinava crônicas diárias em seu jornal, publiquei uma que serviu de pretexto a violentíssima campanha de um vespertino com que ele andava às turras. "Um punhado de lama atirado na consciência cristã do Brasil" – eram "manchetes" diárias desse tipo, e notas e entrevistas em que os mais violentos ataques eram dirigidos não a mim (o diretor do vespertino fez questão de jamais publicar o meu nome, pois pessoalmente sempre se deu bem comigo, e queria concentrar todo o fogo sobre Dantas),

mas ao cronista do *Diário de Notícias*, jornal ateu, indigno de entrar em casa de uma família honrada...
 Para mim o episódio podia ser cômico; para Dantas era dramático; eu fornecera uma terrível arma ao seu adversário. Propus-lhe meu afastamento do jornal; era uma satisfação que ele daria aos leitores impressionados pelos ataques do outro jornal. Além disso eu considerava aquilo – e lhe disse – uma "briga de brancos"; nunca apoiara a campanha do *Diário* que dera motivo àquela polêmica; e, sem convicção, não iria lutar a seu lado só pelo fato de ser seu empregado; minha permanência só poderia, portanto, ser prejudicial. Eu já fizera uma crônica assumindo inteira e gostosamente a responsabilidade do que escrevera; agora era melhor que eu saísse. "Se você falhar um dia nesse seu quadro – me respondeu Dantas –, passarei a publicar novamente suas crônicas velhas. Agora é que você não me sai daqui."
E não teve, nunca, a mais leve palavra de recriminação ou de queixa pelo tremendo "abacaxi" que eu lhe oferecera.
 Dantas tinha defeitos e limitações como todo mundo os tem, e eu devo ter bem maiores. Mas era uma figura rara, era uma presença confortadora neste pequeno mundo de equívocos e fraquezas, de transigências e misérias que é a vida pública do Brasil: era um caráter, era um homem.

*Correio da Manhã*, 4 de fevereiro de 1953

## João Condé, o arquivista

Nasceu (1912) apenas em Caruaru (Pernambuco), mas se orgulha disso. O pai era um homem rico, dono de muitos negócios, que uma vez perdeu setecentos contos no incêndio de um depósito de algodão. Amigo de infância e de toda a vida: Álvaro Lins, filho do "seu" Pedro Alexandrino, secretário da Prefeitura. Foi aos 12 anos para o Recife estudar no Colégio Padre Félix Barreto, ali foi colega de Mauro Mota, depois veio para o Aldridge do Rio, onde foi colega de Murilo Miranda e Lúcio Rangel. Voltou para o Recife, veio outra vez para o Rio (Internato do Pedro II) e acabou o curso secundário em Petrópolis.

Em 1935 era repórter marítimo do *Diário de Notícias*: um sábado o secretário da redação, Vitorino de Oliveira, achou que podia encarregá-lo de uma reportagem política, mandou-o à estação da Central esperar o embaixador Macedo Soares, que chegava à noite de São Paulo e diziam que ia ser (foi) Ministro da Justiça. Mas João tinha uma noiva e um baile no Fluminense, inventou umas declarações vagas do sr. Macedo Soares e pegou no arquivo uma fotografia dele chegando ao Rio. Na segunda-feira *O Globo* gozou "a barriga", pois o embaixador não viera.

Formou-se em Direito em 1937, casou-se em 1938, tem três filhos, acha que não podia ser melhor sua vida de família, joga pôquer uma vez por semana, adora a sogra, adora comer cebola, coleciona discos de Mozart (116), imagens de santos, gravuras e facas de ponta, aos domingos come galinha de cabidela, fica ruborizado quando o chamam de escritor e o elogio que mais o comoveu na vida foi o contido nestas palavras de um artigo de Sérgio Milliet: "o bom João Condé".

Chora muito no cinema, gosta sobretudo dos quadros de Pancetti, tem horror a ouvir falar em doença ou morte (sai da mesa), almoça todo dia com Zé Lins na Colombo há muitos anos, toma uísque moderado à tardinha no Vilarinho, é procurador do IAPC, faz há quatro anos o *Jornal de Letras* com seus irmãos, José (escritor) e Elysio (médico), e seus famosos "arquivos implacáveis" são imensos, preciosos, mas desarrumadíssimos, apesar dos esforços de sua filha de 12 anos, Maria Tereza. Seus *flashes* são seguramente a seção mais imitada na imprensa do Brasil, torce pelo Fluminense na televisão e está fundando um Museu de Arte Popular em Caruaru; mas já estão xingando ele lá porque ainda não mandou o projeto da casa, e a culpa é do Aldary Toledo, que todo dia promete, e como é de graça João não pode insistir demais.

Dá-se com tudo quanto é escritor, da direita, do centro e da esquerda, velho ou novo; seus amigos mais diletos, além do mencionado Álvaro Lins, do Odorico Tavares, Mauro Mota e Luís Jardim, suas admirações nacionais maiores são Gilberto Freyre, Manuel Bandeira, José Lins do Rego, Carlos Lacerda e Augusto Frederico Schmidt. (Ele citou mais um, mas como não vejo qualquer motivo para essa admiração, deixo de incluir.)

Disse que o pior jogador de pôquer do Brasil é o Rogério Pongetti, o melhor é o Hélio Fernandes. Vai fazer uma exposição de cem originais manuscritos de livros brasileiros. Dois ideais na vida: voltar a Portugal, que adorou, e ter um sítio. Até hoje fala com jeito de Caruaru: fala e vive.

*Diário de Pernambuco*, 27 de dezembro de 1953

# Prudente

Acabei não indo ao almoço dos 30 anos de Prudente de Morais, neto, e nem sequer posso dizer que foi por motivo de força maior: foram essas forças menores, que também podem ser chamadas de fraquezas, e que desgovernam a vida de homens como eu. Mas se não comi churrasco, andei ruminando meditações sobre essa figura de guarda-chuva e me lembrei das exclamações que ele inspirou a um dos nossos mais prósperos poetas: "Quê! Esse moço herdou um grande nome e começou por adotar um pseudônimo. Teve uma grande banca de advocacia, tem uma grande cultura jurídica, e não advoga mais. Lançou-se como excelente crítico literário e agora escreve sobre turfe. Tinha dinheiro, fez-se pobre. Esse moço está fazendo uma grande carreira às avessas! Vai acabar auxiliar de revisão!"

O certo é que essa perspectiva não assustaria Prudente, e essa carreira às avessas não assusta seus amigos e admiradores, que lhe fizeram uma festa altamente notável pela quantidade e qualidade dos participantes, e ainda mais pelo tom de carinho verdadeiro.

É verdade que ele é um homem de amigos, e ainda outro dia me espantou pela cega veemência com que defendia um deles – entretanto péssima figura, um dos chefes de polícia mais calhordas que já possuímos. Isso pode ser bonito, ainda mais quando se sabe que ele em coisa alguma usa em benefício próprio essas amizades; mas nem isso nem sua inteligência, cultura e bondade explicam o alto prestígio moral e sentimental de Prudente.

Sua qualidade mais impressionante será talvez a modéstia com que porta as outras qualidades; por exemplo, a naturalidade com que tem caráter. Caráter nele não é uma questão de pura ética, de norma de conduta; é, etimologicamente, sua maneira de ser. Há pessoas de caráter que dão pena: como se esforçam, como suam para serem honestas! Precisam estar a todo momento prestando atenção; às vezes precisam mesmo de fazer autossugestão, proclamar em altos brados a própria honestidade para convencer aos outros e a si mesmos. E, coitados, acabam sendo mesmo rigorosamente honrados, mas ficam tão infelizes que dá vontade da gente chegar perto de um deles, botar a mão no ombro e dizer: "você tem estado formidável no seu papel, agora mesmo acabo de saber que você refugou 2 mil contos para não se desmoralizar, acho uma beleza o seu sacrifício, mas escute, velho, hoje é feriado; vamos descansar um pouco o caráter, fazer uma sujeirinha qualquer, telefonar para a mulher bonita de um amigo que está viajando, você precisa *relax*!"

Prudente está no seu caráter bem à vontade, como dentro de um pijama velho e limpinho. Talvez por isso ele tenha esse encanto digno de um malandro, esse encanto que seduz as pessoas de bem.

*Correio da Manhã*, 8 de junho de 1954

# O poeta

Como Carlos Drummond de Andrade está em férias no *Correio da Manhã*, e sabendo que havia coisas estranhas em sua rua, para lá nos dirigimos a pé, na manhã de terça-feira.

Na verdade, a agitação era grande na rua Joaquim Nabuco; era grande, mas relativamente pacífica, pois terça é dia de feira ali. Avançamos entre mangas, tomates e abacaxis até a casa do poeta, que encontramos de busto nu, a responder cartões de boas-festas, e se queixando ardentemente do calor. (Lembramos que terça-feira, 28, o sudoeste refrigerante e quiçá chuvento só chegou ao posto 6 entre 12h30 e 12h35, conforme pudemos observar pessoalmente na praia do Arpoador.)

Estava naturalmente fatigado, pois acordara antes das 3 da madrugada, como acontece todas as terças, devido ao ruído dos caminhões que descarregam os caixotes e dos feirantes que descarregam palavrões debaixo de sua janela.

Contou-nos então o poeta (cujo novo livro, *Fazendeiro do ar*, em um volume que reúne toda sua obra anterior, José Olympio acaba de lançar, juntamente com as *Poesias completas* até agora de Manuel

Bandeira, o que quer dizer que o leitor pode ter, em apenas dois volumes, a obra total dos dois maiores poetas do Brasil de hoje), contou-nos que da feira não se queixava, e quanto à falta d'água devia reconhecer que o sr. Café Filho, morador na segunda esquina à direita, é uma vítima (evidentemente voluntária) que de algum modo o consolava, mas que estava solidário com os homens e mulheres de sua rua que haviam lançado uma campanha de cartazes, telefonemas e outros protestos contra a seca. Os cartazes, nós lemos, uns plangentes – "Água, pelo amor de Deus", outros reivindicativos – "Exigimos água!", outros até gaiatos, quando não fúnebres. Ficamos sabendo, além disso, que o manobreiro esteve quase levando uma surra, pois o culpam de malícia no desviar a água para casas de outras ruas cujos moradores excedem nas gorjetas. Como todo mundo na rua montou um injetor, o poeta acabou montando também um injetor; mas exatamente porque todo mundo tem injetor o injetor não injeta nada, mesmo porque não há nada a injetar; fez construir também uma caixa maior, para agasalhar o líquido no caso de ele aparecer; e, em resumo, ao longo dos anos e das secas, o poeta, homem de posses muito moderadas, já gastara cerca de 40 mil cruzeiros (era dinheiro), além das taxas municipais, que deveriam bastar para ter uma água, que não tem.

    Além disso, perde noites de sono, à espreita do momento de ligar o injetor ou a bomba, e essa insônia forçada e prosaica fatiga o homem e deprime o poeta.

Ora, sr. Alim Pedro, se é sua intenção castigar o presidente Café Filho pelo fato de havê-lo nomeado prefeito desta bagunça e por isso não lhe dá água, está bem; mas esse castigo envolve muitas outras pessoas inocentes da rua Joaquim Nabuco, inclusive um grande poeta que esta cidade deveria respeitar e honrar, e não perturbar, empobrecer, irritar e deprimir, como está fazendo.

Compre o livro de Carlos Drummond de Andrade, sr. Alim Pedro, leia-o, e, se tem alguma sensibilidade, o senhor se envergonhará de não fornecer sequer água a quem lhe oferece o ouro das nuvens, o licor dos sonhos e o diamante da mais pura poesia.

*Correio da Manhã*, 29 de dezembro de 1954

# Afonso Arinos

Acho que Afonso Arinos de Melo Franco vai ganhar a eleição para senador pelo Distrito Federal. Pelo menos essa é a impressão que me dá a fúria com que o atacam seus adversários, ou, para falar com mais precisão, os que patrocinam a pífia candidatura do sr. Lutero Vargas.

Devo dizer, antes de mais nada, que não vou votar em Afonso Arinos, nem em Alencastro Guimarães, a quem igualmente dedico afeto e admiração. Votarei em João Mangabeira, como sempre fiz, não apenas pelas suas altas qualidades morais e intelectuais como porque suas ideias estão mais perto das minhas.

Quero, entretanto, trazer meu depoimento em favor de Afonso, porque me dói verificar a impressão que causa em pessoas de bem, inclusive em pessoas inteligentes, a campanha desonesta que se faz contra ele. Dizer, por exemplo, que pertence a "uma casta plutocrática" é querer apresentá-lo como homem rico, a serviço de ricos. Conheço Afonso há 25 anos e nunca soube que ele vivesse de outra coisa além de seu trabalho – como advogado, ou professor, ou jornalista, ou escritor, ou parlamentar – e sempre o vi viver modestamente. Chamar de "sibarita" esse homem que há tempos, quando ia receber amigos em sua casa, me consultava sobre o uísque que tinha mandado comprar, um canadense ruim, cujo preço, entretanto, já o assustara...

"Aristocrata" ele será, mas sem aspas. Na verdade, ele se orgulha, e com toda razão, de sua família, que deu e dá ao Brasil homens de valor no campo da inteligência e do estudo, homens de talento e de espírito público. Não vejo nada mais estimável que essa aristocracia do espírito e do caráter, que tanta inveja deve causar aos *parvenus* capazes de todos os golpes sujos, todas as cavações, todas as maroteiras. Reacionário? É possível que entre os 20 e os 30 anos, quando, pelo próprio fato de viver na Europa, seu nacionalismo se exacerbou, esse nacionalismo tenha se colorido, como era comum naquele tempo, de tintas da Direita. Desde, porém, que tomou contato com a vida pública brasileira, Afonso se convenceu de que só com a democracia o Brasil poderia realizar seus destinos, e foi por isso que lutou contra a Ditadura, quando facilmente poderia ter se acomodado nela. Nacionalista ele continuou sendo, e é; foi sob sua liderança que a bancada da oposição reformou o projeto entreguista do governo Vargas para assegurar à Petrobras o verdadeiro monopólio estatal; dentro da UDN e depois na Câmara ele se bateu pelo monopólio estatal e contra os dispositivos do anteprojeto que permitiam a intromissão dos trustes. Bateu-se e venceu.

Eu poderia citar também, como ato desse "aristocrata" orgulhoso e inimigo do povo a lei Afonso Arinos, que transformou em crime a discriminação racial no Brasil. Mas prefiro falar do homem de jornal com quem trabalhei aos 20 anos de idade, quando ele tinha 30: um diretor de jornal honesto e justo, amigo de todos os auxiliares, que um dia, quando se desentendeu com o dono da empresa, teve uma grande emoção: todo o pessoal desceu com ele as escadas da redação para fundar outra folha.

Qual a grande acusação que se faz a Afonso? Que ele anda por aí em caminhão, para entrar em contato mais direto com o povo? Mas então tem medo de que o povo entenda melhor o "aristocrata" que os pelegos e cavadores que sempre o exploraram e oprimiram? Não foi Afonso Arinos nem o pai dele que proclamou que "o voto não enche barriga de ninguém"...

A crônica já está comprida demais, e só por isso encerro aqui meu depoimento espontâneo e desinteressado sobre um homem digno que tem prestado excelentes serviços ao Brasil e que só pode honrar o Senado com a sua presença.

*Diário de Notícias*, 26 de setembro de 1958

# Alvinho

Nesse domingo, 23 de novembro, em que Álvaro Moreyra faz 70 anos, eu não estarei no Rio para abraçá-lo: vou a Cachoeiro tomar meu banho anual de civilização...

A revista *Leitura* promove uma reunião de homenagem a Álvaro no auditório do Ministério da Educação, com apoio das outras revistas literárias – *Jornal de Letras*, *Para Todos* e *Boletim Bibliográfico Brasileiro*. Álvaro reúne em torno de si pessoas de todos os quadrantes porque é o nosso mais ameno professor de cordialidade. É um homem que acredita na bondade e na poesia da vida, embora sabendo o quanto elas são vasqueiras.

Conheci-o quando eu andava pelos 21 anos, naquela saudosa casa de Xavier da Silveira, onde qualquer pessoa se sentia em casa, tão simples e natural era a acolhida de seus donos. Para mim como para muitos outros jovens a casa de Alvinho era um lar dominical. Tenho-lhe até hoje uma gratidão física, porque muitas vezes aquela generosa feijoada era a única refeição decente e substancial que eu fazia durante toda a semana. Mas o que ele fornecia ao nosso espírito não era uma feijoada: era algo de leve, de limpo, era ao mesmo tempo ironia e ternura pela vida, era bom gosto e boa-fé. Ria-se muito, mas rindo a gente aprendia a levar a sério o que vale a pena.

Devo muito a Álvaro, ao convívio de seus quadros, de seus livros, de inteligência e de sua estima. Muita gente de mais de uma geração poderia dizer o mesmo.

*Diário de Notícias*, 23 de novembro de 1958

# Academia

Confesso que não entendo porque as pessoas querem entrar para a Academia. É verdade que sua composição melhorou muito, mas assim mesmo que coisa mais sem graça esse clube sem senhoras, com um chá por semana e a presença sempre constrangedora de alguns velhos chicharros sobreviventes. Pois o fato é que a Academia está com prestígio, e a prova é que gente boa a tem buscado. Neste momento está chegando lá Álvaro Moreyra.

Se a coisa é de seu gosto, só podemos ficar contentes em ver Alvinho de fardão. Não há cronista no Brasil que não lhe deva alguma coisa; e muitos, como eu, lhe devem muito. Ainda menino eu lia suas coisas no *Para Todos* e me encantava com a sua simplicidade e poesia. Depois conheci a sua casa da rua Xavier da Silveira – eu era de um grupo de rapazes que ali tinha a acolhida sempre risonha, e tão natural, que até eu, rapaz emburrado, me sentia à vontade.

É engraçado que dos escritores do Brasil sejam dois pobretões – Álvaro e Aníbal Machado – os mais generosos e pacientes em receber toda a súcia dos literatos e artistas novos (gente às vezes tão incômoda) e em ajudar discretamente cada um com o melhor bom humor paternal.

Se deixarem Alvinho mandar na Academia, ele vai substituir aquele chá semanal por uma feijoada aberta, de mesa grande, em que todos os "malditos" poderão comer à vontade, graças aos juros da herança do velho Alves. O que seria, pensando bem, uma honestidade.

*O Globo*, 14 de agosto de 1959

# Dois cinquentões

Dois amigos fizeram 50 anos, com poucos dias de diferença.

Um foi Mário Pedrosa, que eu conheci, se bem me lembro, por volta de 1934, quando ele foi baleado na praça da Sé, em luta com os integralistas. Sem perder o interesse pela política, Mário gasta mais seu tempo hoje em dia com as coisas de literatura e arte, e é o mais temível teórico de concretos e neoconcretos. Já sugeri até que sua entrada fosse proibida em exposições de pintura... E alguém se indignou quando eu escrevi que ele é um perversor da juventude, pois desencaminha nossos menores de talento para o abismo frio do concretismo.

Fiel à sua estrutura mental de antigo trotskista, Mário é, na verdade, um desses espíritos críticos rebeldes às evidências comuns, capaz de defender seus pontos de vista, quer sejam fruto de capricho pessoal, quer de uma longa elaboração teórica, com uma paixão obstinada e fria. Dono de uma grande cultura e de uma rara sensibilidade, ele faz o milagre, neste mundo e nestes tempos de atropelos e cavações, de só se interessar de verdade pelas coisas de espírito. É um puro e um íntegro;

e, ao fim de meio século, creio que não tem mais conserto.

Também se fez meio-secular mestre Aurélio Buarque de Holanda Ferreira. Este, nas lutas intelectuais, dá pouca atenção à tática e à estratégia dos combatentes, e se interessa mais pelas armas e munições, com que lidam. Não digo que não se interesse pelas ideias, mas as palavras e frases são a sua paixão: esta língua que nós maltratamos bárbara e alegremente e que ele cultiva com sabedoria e carinho.

Nunca nenhum tempo precisou mais que o nosso de um gramático esclarecido do tipo Aurélio. Para evitar que a língua se desintegre, vitimada pelo excesso de peias ou pelo excesso de fluidez, usando a sabedoria antiga com espírito moderno. Eu, se fosse milionário, contrataria esse Mestre para limpar tudo o que escrevi e deixei em livros; se fosse, bem entendido, um milionário de mau gosto suficiente para escravizar a tão mesquinha tarefa uma competência tão alta: algo como chamar Le Corbusier para me projetar um galinheiro no quintal.

*O Globo*, 5 de maio de 1960

# Clarice Lispector, uma contista carioca

Muito francesa esta curta informação do *Petit Larousse* sobre Virginia Woolf: "*Romancière anglaise, née à Londres (1882-1941); sa finesse rappelle la manière du romancier français Marcel Proust*".

Seria possível dizer de Clarice Lispector que sua finura lembra Virginia Woolf – que parece ser, realmente, a sua mais forte influência. Mas o que me surpreende e me encanta, principalmente, nos contos de Clarice, como os desse admirável volume *Laços de família*, que aparece em terceira edição, é, nessa escritora tão vivida no estrangeiro, o forte sabor carioca. Por mais introspectiva que seja a escritora, ela não é alerta apenas aos tumultos e confusões da alma, mas também, com uma sensibilidade especial, às luzes, aos rumores, às brisas e à temperatura, a detalhes da paisagem e do ambiente.

Seus personagens não são apenas do Rio, são de certas ruas, de certos bairros, e trazem a marca disso: no ajantarado de Copacabana "a nora de Olaria apareceu de azul-marinho, com enfeites de *pailletés* e um drapejado disfarçando a barriga sem cinta"; e ela permanece o tempo todo como que bloqueada em seu reduto espiritual de Olaria, fitando com desafio a sua concunhada de Ipanema.

A portuguesita preguiçosa e lúbrica só poderia viver na rua do Riachuelo e jantar com vinho verde na praça Tiradentes. A senhora da *Imitação da rosa*, essa moça "castanha como obscuramente achava que uma esposa devia ser", é basicamente *Moça da Tijuca*. E o Rio vive nesse livro, com seu jardim botânico e seu jardim zoológico, seus antigos bondes, seu calor, suas noitinhas, seu jardinzinho de São Cristóvão, suas moscas, seus sábados e famílias.

Isso que estou dizendo é apenas uma nota marginal ao livro de Clarice, cujo interesse maior reside na intensa vibração interna de seus seres, e na maestria de estilo e composição em que ninguém a supera no Brasil. Mas a todos nós, que vivemos no Rio, e ficamos pela primeira vez vagamente patriotas cariocas depois da mudança da capital, é doce sentir a cidade arfar e tremer sobre as cabeças dessas criaturas, como se quisesse prendê-las e condicioná-las.

E neste ano do Quarto Centenário sentimos, com orgulho e prazer, que a ucrano-pernambucana Clarice Lispector é, na verdade, uma grande contista carioca, da boa e nobre linhagem de Machado de Assis.

*Manchete*, 11 de dezembro de 1965

# Gente que morre

Vou a São Paulo, e é a primeira vez que o faço depois da morte de Sérgio Milliet. Sua sombra amiga, divisei-a na rua São Luís, na saída de uma galeria de arte, entre as árvores da sua Biblioteca Municipal, na mesinha do bar. Lembro-o mais, porém, na sua antiga mesa, na velha redação d'*O Estado de S. Paulo*, no tempo em que lá trabalhamos juntos.

Sérgio teve a morte boa, súbita, fulminante. Os amigos que foram ao seu apartamentinho, que eu não conhecia, contaram que era pobre como um quarto de estudante. Desde que o filho, moço e brilhante, morreu, Sérgio era uma espécie de órfão desencantado e boêmio. Mas nunca deixou de ser um grande trabalhador intelectual – e seus dicionários de tradutor lá estavam, abertos, sobre a pequena mesa atulhada de papéis. Deixou um romance inédito, não sei se acabado. Não imagino o que ficará de sua obra poética. Sua obra de crítico, esta sei que teve uma poderosa influência na literatura e na pintura do Brasil de hoje; mais do que crítico, ele era um ensaísta, um orientador, um homem de sensibilidade e de cultura que sabia ensinar, mesmo quando tinha o ar de estar apenas divagando.

Durante essa estada em São Paulo tomo conhecimento de mais duas mortes: a de Pedro Mota Lima, em um desastre de avião na Europa Oriental, e a de Bercelino Maia, atropelado na rua de um arrabalde paulistano. Dois homens de jornal que há muito haviam se afastado de meu caminho, tanto que eu nem sabia por onde andavam, mas que lembro com melancolia e saudade.

"Vivo!" – é como o pintor Scliar costuma responder quando a gente pergunta como vai ele. Esse número cada vez maior de amigos que se vão me impediria talvez de responder com tanta certeza à mesma pergunta. Percebo que me ficaria melhor responder, sem entusiasmo e sem aflição: "sobrevivendo..."

*Diário de Notícias*, 2 de dezembro de 1966

# Meu professor Bandeira

Pela volta dos 15 anos, o poeta de quem eu mais gostava era mesmo Olavo Bilac. Lembro-me de ler seus versos sozinho no Campo de São Bento, em Niterói. Eu tivera de deixar o ginásio lá de Cachoeiro, no meio do 5º ano, devido a um incidente com um professor. Vim terminá-lo no Salesiano de Santa Rosa, e morava na rua Lopes Trovão, em Icaraí, na casa de uma família aparentada à minha, os Paraíso.

Não tinha amigos de minha idade: apenas companheiros de escola e outros de praia; com estes nadei muitas vezes de Icaraí até o fim da praia das Flechas, passando por fora de Itapuca. Tinha até um sujeito que queria me levar para sócio atlético do Clube Icaraí; naquele tempo havia a prova de travessia da Guanabara a nado, e ele fazia fé em mim; mas foi aí que veio uma sinusite gravíssima e me atrapalhou a vida.

Bem, mas não estou escrevendo para contar vantagem de nadador; falava de Bilac. Seu livro era como um amigo íntimo que me fazia confissões e ouvia as minhas. Até hoje guardo uma terna lembrança de seus versos, e sempre me dói ouvir falar dele com pouco caso, como faz o Paulo Mendes Campos; acho um desaforo...

Pois logo depois de Bilac, o poeta que me empolgou foi Manuel Bandeira. Não sei como me caiu nas mãos *Libertinagem*; acho que foi meu irmão Newton quem me deu, em 1930 ou 1931. Logo depois arranjei *Poesias*, que reunia os três livros anteriores do poeta. Minha adesão a Bandeira foi imediata e completa. Ele me ajudou não apenas a namorar minhas namoradas e me conformar com o desprezo de outras, como a suportar rudes golpes afetivos que sofri, com a morte de pessoas queridas. Os versos de Bandeira passaram a fazer parte de minha vida íntima, ficaram ligados a momentos, pessoas, emoções; até hoje.

Lembro-me da surpresa e vaidade que senti, quando, um pouco mais tarde, fazia crônicas para um jornal de Belo Horizonte, e me contaram que várias pessoas pensavam que Rubem Braga era pseudônimo de Manuel Bandeira. É que na verdade sofri uma grande influência de Manuel; não de suas crônicas, pois estas eu não conhecia então, mas de seus poemas. A linguagem limpa e ao mesmo tempo familiar, às vezes popular, de muitos de seus poemas, influiu em minha modesta prosa. E da melhor maneira: no sentido da clareza, da simplicidade, e de uma espécie de franqueza tranquila de quem não se enfeita nem faz pose para aparecer diante do público. Acho que nenhum prosador teve influência maior em minha escrita do que o poeta Manuel.

Sim, muita coisa ele me ensinou. Só não me ensinou o milagre de sua condensação lírica e musical, o pulo de gato da poesia; mas também um escrevedor de jornal e revista não precisava saber tanto...

*Diário de Notícias*, 23 de setembro de 1967

# Joel cinquentão

A novidade é que, nesta abertura de primavera, Joel Silveira fez 50 anos, vexame pelo qual eu já passei há um lustro.

A história profissional de Joel Silveira é um testemunho do grande erro do jornalismo brasileiro: o plano inferior em que é deixado o repórter. Poucos repórteres surgiram no Brasil com a mesma bossa audaciosa de Joel; vivacidade, malícia, coragem e estilo. Pois em seus trinta ou mais anos de profissão ele fez um número relativamente pequeno de reportagens, embora algumas delas ficassem na memória de todos os profissionais e de uma parte do público.

É que o repórter de qualidade é, via de regra, no Brasil, transformado em redator, vai ser copidesque, cozinheiro de jornal, fazedor de tópicos, ou cronista ou coisa semelhante; é, de qualquer modo, amarrado burocraticamente a uma cadeira, dentro de uma sala. Se ele insistir em ser repórter, então é convidado a trabalhar sem ordenado, a ganhar (mal) por reportagem.

Claro que Joel desempenhou com a maior eficiência e o maior brilho mil funções em jornal, e ainda teve tempo para realizar uma obra literária do maior interesse, embora ainda não produzisse o grande romance que está condenado a fazer. Mas o triste é que desde a sua ruidosa estreia até hoje a imprensa brasileira ainda não mudou de hábito: pelo contrário, sofre agora mesmo de uma crise aguda de copidesquismo capaz de desanimar qualquer novo Joel Silveira que tentar aparecer: nenhum repórter pode trabalhar com entusiasmo quando sabe que o que escreve será mutilado, despersonalizado, descaracterizado, anodinizado por um pequeno tirano com o assento pregado em uma cadeira. É mais negócio ele próprio se transformar em copidesque, pois ganhará melhor e não terá de fazer tanto esforço. Mas isso devem ser grunhidos sem sentido de um velho dromedário que não compreende a imprensa moderna. Bolas! Um abraço para o Joel cinquentão, e passem bem.

*Diário de Notícias*, 24 de setembro de 1968

# Stanislaw Ponte Preta

Três pastas de recortes mandou-me há dias Stanislaw Ponte Preta: era seu novo livro, *O país do crioulo doido*, dividido em três partes. A primeira com o título do livro, a segunda formando o "3º Festival de Besteira que assola o país", a última "A máquina de fazer doido", com sua experiência da televisão. O livro sairá em novembro, mas Stanislaw está desde ontem enterrado no São João Batista sob o seu nome civil de Sérgio Rangel Porto.

Era um carioca de Copacabana que nasceu e viveu sempre na rua Leopoldo Miguez, a princípio em uma casa, depois em um apartamento do edifício construído no mesmo local. Era dez anos menos um dia mais moço do que eu; mais de uma vez passamos juntos uma noite de 11 para 12 de janeiro e certa vez comentei em crônica que Sérgio merecia ser bem mais moço do que eu, mas eu não merecia ser tão mais velho do que ele.

Conheci-o rapazinho, na casa de Álvaro Moreyra, onde ia com seu tio Lúcio Rangel, com quem aprendeu a amar o samba e o jazz. Cresceu jogando futebol de praia, mas bem cedo teve de assumir responsabilidade na vida e entrou para o Banco do

Brasil. Durante muitos e muitos anos o jovem jornalista boêmio que ele foi era visto às 7 e pouco da manhã esperando o ônibus na avenida Nossa Senhora de Copacabana para ir pegar seu batente na cidade. Essa mistura de espírito boêmio e senso de responsabilidade fez dele um dos maiores jovens sócios do famoso Clube dos Cafajestes e um dos homens mais trabalhadores do Brasil; o homem das pequenas "certinhas" viveu uma grande parte de sua vida atrás da máquina de escrever, fazendo trabalho bancário, crônicas, seções de crítica, programas de rádio e televisão, argumentos de cinema, espetáculos de teatro e de boate. Nos últimos anos a necessidade de faturar cada vez mais para atender a encargos crescentes obrigou-o a desinibir-se e aparecer ele mesmo no vídeo ou no palco.

Como humorista, Sérgio incorporou à língua, da maneira mais feliz, a graça imprevista da gíria carioca. E foi um castigo para os chefões do movimento de 64, com seus Festivais de Besteira. Outros podem ter atacado com mais veemência o regime; a crítica bem-humorada de Sérgio destruía mais, doía mais, incomodava mais.

Não lhe faltaram insultos e ameaças, e até mesmo através de sugestões a "você, que é amigo dele", que ouvi mais de uma vez, como outros amigos seus certamente também ouviram, vieram ecos de conversas de policiais ou "grupo de oficiais" que estariam preparando "surpresas", achando que ele "agora está no limite do abuso". Jamais ligou a isso, nem a insultos e ameaças pelo correio e pelo telefone: continuou a colecionar tranquilamente as besteiras dos poderosos, e diante do êxito de suas crônicas e de seus livros comentava com fingida melancolia: "O pessoal gosta mesmo é de besteira; eu não invento nada, só corto com a tesoura e colo". E talvez tenha tido, nestes tempos tristes, um papel paradoxal: contribuiu para tornar suportável a "redentora", pois o riso que provocava era uma válvula para o ressentimento popular. Ela desabafava o povo.

Esse trabalhador monstruoso deixou pelo menos dois personagens vivos: tia Zulmira, a sábia senhora da Boca do Mato, e o nefando primo Altamirando são figuras que ele criou e que fariam inveja a qualquer romancista.

Sérgio trabalhou, amou e viveu com intensidade excessiva, e morreu disso; esteve sempre ao lado dos pobres, sem demagogia nem pieguice, e mesmo quando ele "pichava" o meu "Framengo" era com um secreto, misterioso carinho...

*Diário de Notícias*, 2 de outubro de 1968

# Lembranças de Antoninho Alcântara

Conheci António de Alcântara Machado (ele dizia e escrevia António, pronúncia paulista) coisa de um ano antes de sua morte. Eu havia chegado a São Paulo, onde não conhecia uma só pessoa, em fins de 1933. Um incidente sem importância com o gerente do jornal em que eu trabalhava em Belo Horizonte me inspirou essa viagem de simples aventura; mas alguns meses depois de estar em São Paulo meu nome começou a ser conhecido por causa das crônicas que eu assinava no *Diário de S. Paulo*. É preciso lembrar que os paulistas, àquela altura, ainda estavam com cicatrizes muito recentes da Revolução Constitucionalista. Havia em muitos meios uma certa prevenção contra todo mundo que não fosse paulista. Foi isso, aliás, o que fez com que muitos nortistas e nordestinos que viviam em São Paulo aderissem ao integralismo, então nascente; era o único partido que desfraldava a bandeira nacional. Vestir a camisa verde era reação sentimental dos "cabeças-chatas"...

Capixaba não é cabeça-chata, e eu não tinha nada contra São Paulo, nem ligava importância às expansões ocasionais de regionalismo paulista. Achava natural. Eu não simpatizava com a Ditadura, e fora correspondente de guerra na frente legalista (túnel da Mantiqueira) para os "Associados" de Minas, que estavam ao lado de São Paulo: acabei preso na frente como "espião", para ser solto duas ou três semanas depois, em Belo Horizonte. Além disso eu era filho de um paulista – e haveria de ser pai de outro...

Mas os ardores regionalistas tinham seus exageros ridículos, a que não se furtavam mesmo alguns dos melhores espíritos de São Paulo. Fiz uma crônica de brincadeira contando a história de um antepassado meu, um Braga bandeirante, caçador de índios e esmeraldas, paulista de 400 anos... Essa crônica me valeu algumas prevenções (inclusive, provavelmente, a de Mário de Andrade, que duraria até sua morte) e fui informado, na ocasião, de que o bravo sr. Ellis Júnior chegara a exigir, no Palácio dos Campos Elísios, minha expulsão de São Paulo! Oswald de Andrade procurou-me para me conhecer e elogiar aquela despretensiosa e inofensiva sátira ao "quatrocentismo", o que era natural, pois ele fora contra o Movimento de 32, e por ele perseguido. Mas quem também apareceu na redação para me abraçar, e muito bem-humorado, foi o chefe da propaganda do Movimento, filho do homem que criara a bela tirada do "Paulista sou há quatrocentos anos" – Antoninho de Alcântara Machado.

Ficamos amigos, embora sem qualquer intimidade, em parte devido à minha timidez, em parte à diferença de idade, que era de uns doze anos. Quando ele aceitou o lugar de diretor do *Diário da Noite*, no Rio, e me fez um apelo para vir com ele, eu topei, embora com um grave prejuízo financeiro, de que ele nem teve notícia.

Vim para o Rio. Ajudei-o a dar uma sacudida no *Diário da Noite* então excessivamente grave para um vespertino carioca. Um dia soube que ele adoecera, mas pensei que fosse coisa à toa. A última vez que o vi ele estava alegre contando histórias ótimas, rindo muito. Sua morte foi para mim uma surpresa excessivamente estúpida: não me animei sequer a ir a seu enterro.

*Revista Nacional*, 30 de março de 1980

# Abraço para José

Conheci José Olympio já editor, mas ainda em São Paulo. Lembro-me do que ele me dizia em sua livraria da rua da Quitanda, perto da praça do Patriarca: "Sei que estou me arriscando muito indo para o Rio. E vou ficar logo numa loja defronte à Briguiet, na rua do Ouvidor..."

Pois o homem de Batatais veio para o Rio e aqui está até hoje. Se ele fosse escrever memórias, poderia dizer coisas interessantíssimas sobre a história da literatura e (inclusive) da política brasileira. Quase não houve pessoa de importância na vida nacional que não passasse pela sua sala de editor. Ele ouvia, ponderava, discutia mansamente chamando as pessoas pelo nome inteiro: "Olhe, José Lins do Rego, eu acho que o nosso José Américo de Almeida..."

De mim posso dizer apenas que ele editou meu primeiro livro e depois vários outros; e sempre recebeu de boa cara todo pedido de vale, de adiantamento... Uma grande e bela figura, que está fazendo cinquenta anos de editor – o grande editor deste meio século de Brasil. Um abraço comovido e agradecido, José.

*Revista Nacional*, 13 de dezembro de 1981

# Vinte anos sem Aníbal

Já se passaram vinte anos da morte de Aníbal Machado! Eu estava fora do Rio no dia em que ele morreu. Visitara-o pouco depois de sua operação. Haviam me dito que ele estava condenado; mas quando toquei a campainha ele desceu as escadas e veio me receber.

Estava o Aníbal de sempre, conversador, delicado, amigo, interessado em todos e em tudo. Tive um verdadeiro prazer em vê-lo assim, embora as informações que me haviam dado não permitissem nenhuma esperança. Hoje a quase todos nós parece que temos de morrer de enfarte ou de câncer; Aníbal acumulara os dois males e estava ali, igual a sempre, com sua inteligência ágil e sua cordialidade comovente; o mesmo homem, até na aparência física, de trinta anos atrás, quando ficamos amigos.

Devo muito a ele. Era desses que ensinam muita coisa sem fazer preleções, pela atuação permanente de sua sensibilidade crítica, pela sua maneira de reagir cotidiana, pela independência e virilidade de seu espírito. Tanto mais intimamente o conheci, mais o estimei e admirei em sua humanidade múltipla, seu gosto extraordinário pela vida.

A bondade e a finura de Aníbal podiam enganar os que o conheciam pouco: dava a impressão de que preferia concordar sempre com o interlocutor, para ser gentil. Na verdade ele procurava se colocar do ponto de vista do outro para entendê-lo melhor; mas esse homem infalivelmente educado era firme em suas convicções, e as defendia com uma inteireza intelectual e moral inarredável.

Pergunto-me que homenagem lhe prestará esta cidade, que foi a cidade de sua vida. Devíamos plantar uma árvore, uma árvore para durar séculos, ali na praça Nossa Senhora da Paz, em memória de Aníbal Machado; uma árvore que desse abrigo aos passarinhos e sombra aos vagabundos e aos namorados. Pois assim eram a sua alma e a sua casa: uma árvore boa.

*Revista Nacional*, 15 de abril de 1984

# Agrippino Grieco está fazendo falta

Outro dia eu estava pensando nisto: não temos mais um Agrippino Grieco. Isto é: um crítico literário capaz de desancar os escritores medíocres quando eles ficam importantes, ocupam posições nos órgãos culturais do Governo, são eleitos para a Academia, ganham prêmios e viagens excelentes. Nossa literatura está cheia de chicharros e beldroegas que não apenas ganham todos os prêmios como também decidem a quem premiar com viagens, dinheiro e honrarias.

Nem todos pertencem à Academia e alguns até são relativamente jovens. São poetas que ninguém lê e exibem frases elogiosas de escritores de grande nome. São romancistas que arranjam para que seus livros sejam adotados nas escolas (e fazem um dinheirão com isso) sem que ninguém tenha pena dos pobres estudantes obrigados a comer aquela pamonha insossa. É espantosa a facilidade com que escritores de mérito verdadeiro, que deviam ser mais responsáveis, elogiam essas nulidades – por gentileza, por desfastio, para não se aporrinharem.

Perguntareis: e tu, oh Braga, por que não fazes o que pregas? Direi que sou maior de 70 e não tenho obrigação nem de votar. Mas como faz falta um Agrippino Grieco, aquele homem fabuloso que lia tudo e falava com liberdade de tudo, que às vezes podia ser injusto mas nunca atacou um valor verdadeiro, e sabia admirar tanto quanto o sabia desacatar!

*Revista Nacional*, 26 de agosto de 1984

# Quando Quintana faz 80 e com quem ele almoçou aos 60

Completa 80 anos de idade em 30 de julho de 1986 o sr. Mario de Miranda Quintana, nascido em Alegrete, Rio Grande do Sul, profissão poeta.

No dia 17 de março já detonou uma primeira homenagem ao poeta: o escritor e homem de cinema Araken Távora lançou juntamente com a projeção do documentário que fez sobre Quintana, seu livro *Encontro marcado com Mario Quintana*. Além da edição especial distribuída pela IBM a professores de Letras e bibliotecas públicas de todo o Brasil há a edição comercial, sob a chancela de L&PM Editores.

Quando Quintana fez 60 anos eu era um dos sócios da Editora do Autor, do Rio, e tive a ideia de publicar uma Antologia Poética, feita com a ajuda do autor e do poeta Paulo Mendes Campos. Na ocasião Mario Quintana veio ao Rio, e lhe ofereci um almoço em meu apartamento. Alguns dos convidados estão aí. Eu estou atrás do fotógrafo, a quem disse para pegar "só poetas". Vejam que o time era forte.¹

*Revista Nacional*, 23 de março de 1986

---

1   Rubem Braga se refere aqui a uma das mais famosas fotos na sua cobertura da rua Barão da Torre, em Ipanema, na qual aparecem Carlos Drummond de Andrade, Vinicius de Moraes, Manuel Bandeira, Mario Quintana e Paulo Mendes Campos – reproduzida no caderno de imagens deste livro.

# Clodomir faz-se oitentão

O Clodomir em questão é o escritor Vianna Moog, nascido em 20 de outubro de 1906 em São Leopoldo, Rio Grande do Sul. Estudou com a mãe, que era professora, depois com os salesianos de Canoas; andou pensando em entrar para a Escola Militar e acabou bacharel em Direito. Tomou parte na Revolução de 1930, mas aderiu à de 1932, o que lhe valeu um exílio para os Amazonas e Piauís deste mundo.

Escreveu vários livros dos quais li dois romances muito diferentes um do outro, e bons, os dois: *Um rio imita o Reno* e *Toia*. Além disso, li *Bandeirantes e pioneiros*, um livro de ensaios sobre a evolução dos Estados Unidos e a do Brasil. Por que os Estados Unidos (onde ele morou muito tempo) progrediram tanto e o Brasil ficou nesta rabeira? Pergunta óbvia, mas que pouca gente formulou e enfrentou tão bem quanto ele, de maneira tão honesta e objetiva. Acho esse livro muito mais importante que a grossa maioria das teses acadêmicas e ensaios pretensiosos que surgem por aí. Eu lhe daria um lugar honroso entre os vinte livros de uma Brasiliana essencial.

Verdade é que a minha opinião não vale muito: confesso que ela é suspeita, pois tenho uma grande amizade pelo Clodomir. Nossas relações nunca foram íntimas, nem mesmo estreitas. E teriam sido apenas cordiais se não tivesse ocorrido um fato que passo a narrar.

Em um certo dia de ano 190... (sempre tive vontade de fazer isto, substituir a unidade do ano por uns pontinhos reticentes como se usava tanto no tempo antigo, e dava um ar de mistério a qualquer conto russo) um certo dia, ia eu dizendo, me encontrei com Vianna Moog no viaduto do Chá, em São Paulo, ali perto do edifício da Light. A última vez que o vira fora em Porto Alegre. De lá eu fora expulso pela polícia (a pedido, segundo me disseram, do oficial Severino Sombra, um dos precursores do integralismo e depois seu participante no Ceará, juntamente com Jeová Mota e o padre Helder Câmara, onde depois fizera ou tentara fazer uma organização de direita dissidente. Esse Severino seria parente ou aparentado (possivelmente genro) do general Leitão de Carvalho, memorialista e escritor militar, partidário da entrada do Brasil na Guerra contra o Eixo e, na ocasião, comandante da Região Militar a que pertencia o Rio Grande do Sul).

Estou escrevendo muito embrulhado, e deve haver aí várias inexatidões, mas nada disso tem importância, o importante é que eu fora expulso do Sul e era natural que ao esbarrar comigo em São Paulo ele perguntasse como eu ia, o que estava fazendo, onde estava trabalhando, essas coisas.

    Respondi que estava trabalhando não me lembro mais onde, ele perguntou se eu estava ganhando bem, eu respondi que mais ou menos, então ele quis saber se eu não precisava de algum dinheiro; eu respondi sinceramente que não, mas ele meteu a mão no bolso e me deu um bom dinheiro. Quanto foi? Setecentos mil-réis ou cruzeiros? Sete contos de réis? Francamente, não me lembro, só tenho a impressão de que era um tanto mais do que eu ganhava por mês. Sinceramente encabulado, eu me neguei a aceitar; ele alegou que tinha recebido um dinheirão de uns atrasados, e fazia questão de me dar aquele dinheiro; eu perguntei como iria pagar o empréstimo, ele respondeu que não era emprestado, era dado. Largou o dinheiro na minha mão e foi-se embora.

    Jamais paguei ao Clodomir, nem se falou nisso; mas é claro que me lembrei do caso quando fui abraçá-lo em seu apartamento no Leme, na noite de seus 80 anos.

    Dirá algum leitor maldoso que eu fiz mal em contar esta história, que vai encher a porta da casa do Clodomir de pedintes de sete, setenta ou setecentos cruzados. Espero que isso não aconteça, mesmo porque me disseram que depois de velho Clodomir virou unha de fome, o que não é raro.

O bom tempo do Clodomir já passou, e o belo momento foi aquele no viaduto do Chá. Concito os leitores mais abonados a fazer gestos assim, antes que envelheçam.

*Revista Nacional*, 23 de novembro de 1986

# Nunca vi tanta mulher chorando

A capela Real Grandeza, junto ao cemitério São João Batista, em Botafogo, Rio, tem um ar de repartição burocrática meio sórdida. Mil vezes já fui ali a velar amigos e criei uma aversão por aquele depósito comercial provisório de defuntos.

Mas como não ir ver Hélio Pellegrino?

Tive a misteriosa compulsão de botar sapatos com meias e, o que é pior, um paletó escuro, e isso só fez aumentar o calor que senti entre a multidão no andar de cima.

Fiquei meio tonto de calor e de ver caras conhecidas que ia cumprimentando sem saber direito quem eram; até me lembro que olhei para um rosto lindo e suave de mulher, olhei com um ar tão pateta que ela se apiedou e disse, como em segredo: "Eu sou Dina Sfat, Rubem". Havia médicos, jornalistas, escritores, políticos, artistas, mas o que havia principalmente era mulher chorando. Elas não são fáceis de reconhecer. Ou trazem óculos negros enormes ou têm a cara sem pintura ou com a pintura devastada pelas lágrimas; de qualquer maneira têm uma expressão diferente da usual; e houve mais de uma conhecida que ao me ver – um senhor gordo de cabelos brancos – se abraçou comigo e me beijou a cara como pedindo proteção. Que misteriosa sensação é esta de ver mulheres chorando, mais femininas naquele momento de fraqueza? Eu gostaria de conversar sobre isso e outras questões de amor e morte com uma pessoa ao mesmo tempo imaginosa e lúcida, mas essa pessoa estava metida num caixão em uma capela onde sequer cheguei a entrar e se chamava Hélio Pellegrino.

*Revista Nacional*, 10 de abril de 1988

# A morte misteriosa de Schmidt

Em seu livro *Diário da tarde*, que apareceu agora, Josué Montello fala da morte de Augusto Frederico Schmidt. E, um tanto contra seus hábitos, veicula a fofoca surgida na ocasião.

Schmidt morreu no apartamento de um amigo, no Leme. Houve quem dissesse que o poeta havia morrido num encontro amoroso com uma amiga, naquela cama que ainda estava desfeita. A mim chegaram a dizer o nome dessa senhora. Não acreditei na identidade da amiga, embora não duvidasse de um possível encontro amoroso.

Há gente, como o Otto Lara Resende, que nega toda a história. Schmidt teria se sentido mal em seu carro quando vinha de uma clínica, e pediu ao motorista que o levasse para o apartamento desse amigo do Leme, solteiro, onde ia com frequência. Lá mandou o motorista comprar umas uvas num balde de gelo, pois gostava de comer uvas geladas e passar pedaços de gelo pela testa, quando se sentia mal.

Josué diz que a versão do encontro amoroso "calharia melhor ao poeta, como fecho de vida".

Nunca fui amigo de Schmidt e mal me dava com ele. A certa altura, entretanto, resolvi fazer uma antologia de seus poemas para uma coleção que a Editora Sabiá estava publicando e na qual já tinham aparecido Bandeira, Drummond, Vinicius. A coisa me deu trabalho, porque eu queria ler suas poesias completas, e Schmidt tinha uma infinidade de poemas não publicados, na mão de vários amigos, principalmente João Condé; era surpreendentemente desleixado com sua própria literatura. Para mim as melhores coisas que ele fez foram alguns sonetos, certamente inspirados por sua mulher Ieda, que prefiro aos poemas de versos largos e místicos.

Quando mandei para Schmidt um cheque referente aos direitos de sua antologia (eu era sócio da editora), ele me contou que era a primeira vez em sua vida que recebia algum dinheiro pelos seus versos.

Um certo amigo meu passou alguns meses na Europa e lá recebeu a carta de uma namorada sua daqui, contando que, por lealdade, devia confessar que estava tendo um caso com outro homem. Na volta ele soube que se tratava de Schmidt, e se queixou: "Eu viro as costas e você foi logo ter um caso com a minha amiga!" Ele respondeu com sua voz grave e bela: "Um caso não, meu amigo. Foi uma grande paixão. Gastei como um oriental!"

Quando lhe paguei os direitos autorais, ele me disse: "Você não vai acreditar, Rubem Braga; eu tenho fama de rico e na verdade não tenho onde cair morto!" Eu não acreditei, e felizmente eu tinha razão: a sua Ieda tem uma vida plenamente confortável, em Paris e no Rio.

Há tempos ela teve um belo gesto doando ao Governo do Estado toda a valiosa biblioteca do poeta, uma grande coleção que Rafael de Almeida Magalhães, secretário de Cultura, mandou desencaixotar e arrumar um destes dias.

Ele tinha, sim, onde cair morto; e se foi na cama ou numa poltrona solitária, isto eu não saberei jamais.

*Revista Nacional*, 12 de junho de 1988

(13.6.48)

## O HOMEM CORDIAL

Rubem Braga

E´ preciso que todos estejam atentos : o bispo e o artezão , o leiteiro e o poeta . A hora é quasi chegada . Não é a hora do amor nem da política ; nem de jogar pedras nem de erguer muros ; nem de pensar na vida nem de goza-la ou sofrê - la . Essas coisas temos feito; temos esperado o telefonema com desespero inútil ; e temos trabalhado com uma surda má vontade e um sensível desânimo . Ás vezes temos a impressão de não estar vivendo , porém sobrevivendo , vagamente mortos ; mas uma força não direi indômita , porém vamos dizer , ranhêta , nos aguenta em pé , nos move os braços para pegar o lotação , os dedos para bater à máquina , os olhos no rumo da mulher , o sangue na fraca veia .

Cada um de nós tem seus amigos íntimos ou pelo menos mais ou menos . Porém o que vamos festejar é mais que um amigo , é a amizade . Trata-se de fazer a Festa do Homem Cordial , pois eis que ele faz 50 anos em agosto .

50 anos é pouco para o gênero de trabalho a que se dedica Rodrigo Melo Franco de Andrade ; ele trabalha devagar , colecionando afetos com discreção e calma . E´ lento e fiel ; à primeira vista parece fôsco , mas devagar vamos sentindo sua silenciosa irradiação . Um dia descobrimos que dele podemos falar bem com toda e qualquer pessôa ; e é um sossego haver uma pessoa assim .

Ora , nessa pessôa vamos festejar o grave e quieto sentimento . Acho que devemos faze-lo (dane-se Rodrigo!) com um extraordinário estrondo . Preparem os poetas seus cantos genetlíacos ; e desde logo em alguma fazenda de Minas se asse o lombo de porco e se ponha a descansar na numa lata de banha ; reserve-se o vinho e poupe-se a melhor cachaça ; imaginem as damas o vestido mais simples e belo para a Grande Tarde ; convoquem-se as sociedades sábias e as rodas de botequim ; aprestem-se os suplementos dominicais , comprem cordas os violeiros , acendam-se as velas de todos os velórios , e que os desdentados ponham dentes , os esfarrapados comprem roupa em dez prestações sem fiador ,

*Datiloscrito da crônica "O homem cordial", dedicada a Rodrigo Melo Franco de Andrade.*

Rubem Braga e Carlos Drummond de Andrade durante evento no Rio de Janeiro.

Capa da terceira edição de *Laços de família*, de Clarice Lispector, pela Editora Sabiá, no período em que Rubem Braga esteve à frente dessa casa editorial. Edição aludida na crônica "Clarice Lispector, uma contista carioca".

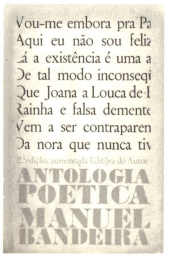

Capas de livros de Manuel Bandeira editados por Rubem Braga na Editora do Autor: *Os reis vagabundos*, reunião de crônicas, *Antologia poética*, em segunda edição.

Joel Silveira, que motivou a crônica "Joel cinquentão". Amigo e companheiro de trabalho de Rubem Braga na cobertura da participação brasileira na Segunda Guerra Mundial, na Itália.

Recorte da crônica "Lembranças de Antoninho Alcântara", na qual o escritor rememora sua terna relação com o autor de *Brás, Bexiga e Barrafunda*.

Capa da primeira edição de *O homem rouco*, publicada em 1949, no Rio de Janeiro, pela Livraria José Olympio Editora.

Carlos Drummond de Andrade, Vinicius de Moraes, Manuel Bandeira, Mario Quintana e Paulo Mendes Campos, em retrato comentado na crônica "Quando Quintana faz 80 e com quem ele almoçou aos 60".

Eu vi a morta, Senhor!
Vi a morta - minha filha, noiv[a]
Vi o sorriso da morta,
Vi o repouso e a beleza da m[orta]
Vi a morta imóvel e pura,
Olhei a morta longamente:
Minha Noiva Perdida,
Perdida como a inocência.
Eu vi a morta!

**NOVA ANTOLOGIA POÉTICA AUGUSTO FREDERICO SCHMIDT**

SELEÇÃO DE R.B. EDITÔRA DO AUTOR

Capa da *Nova antologia poética*, de Augusto Frederico Schmidt, seleção de Rubem Braga para sua Editora do Autor.

## Sobre o autor

**Rubem Braga** nasceu em 12 de janeiro de 1913, em Cachoeiro de Itapemirim, no Espírito Santo, e passou a dedicar-se precocemente ao jornalismo, em 1928, no *Correio do Sul*, fundado por seus irmãos. Apesar de ter se graduado em Direito, nunca exerceu a profissão, e dedicou-se por toda a vida ao jornalismo e à crônica, passando por diversos jornais brasileiros. Atuou também como embaixador no Marrocos, chefe do Escritório Comercial do Brasil no Chile, editor, contista e poeta, experiências que influenciaram suas crônicas, além de ter sido correspondente do *Diário Carioca* durante a Segunda Guerra Mundial.

Considerado um dos nossos mais importantes escritores e expoente máximo da crônica no Brasil, Rubem Braga publicou seu primeiro livro, *O conde e o passarinho*, em 1936. A este se seguiram diversos outros títulos que lhe garantiram prestígio incomum junto ao público leitor e à crítica ao longo das últimas sete décadas. Obras como *Ai de ti, Copacabana!* elevaram a crônica, gênero comumente considerado "menor", a um patamar jamais alcançado na literatura brasileira.

Após muitas viagens e residências, Rubem Braga se instalou definitivamente no Rio de Janeiro, onde sua casa se tornou famoso ponto de encontro da intelectualidade carioca. Faleceu em 19 de dezembro de 1990 e suas cinzas foram jogadas no rio Itapemirim.

# Sobre o selecionador

**Gustavo Henrique Tuna** nasceu em Campinas, São Paulo, em 1977. É doutor em História Social pela Universidade de São Paulo e mestre em História Cultural pela Universidade Estadual de Campinas, onde defendeu em 2003 a dissertação *Viagens e viajantes em Gilberto Freyre*. É autor de *Gilberto Freyre: entre tradição & ruptura* (São Paulo: Cone Sul, 2000), premiado na categoria Ensaio do III Festival Universitário de Literatura, promovido pela Xerox do Brasil e pela revista *Livro Aberto*.

Também é autor das notas ao livro autobiográfico de Gilberto Freyre *De menino a homem* (São Paulo: Global, 2010), vencedor na categoria Biografia do Prêmio Jabuti 2011. Atualmente é responsável, como editor assistente, pelas obras de Gilberto Freyre publicadas pela Global Editora, tendo revisado as notas bibliográficas e elaborado os índices remissivos e onomásticos de cinco livros de Freyre publicados pela mesma editora: *Casa-grande & senzala*, *Sobrados e mucambos*, *Ordem e progresso*, *Nordeste* e *Insurgências e ressurgências atuais*.

# Conheça outras obras do autor publicadas pela Global Editora

Coisas simples do cotidiano

Rubem Braga crônicas para jovens

Melhores crônicas Rubem Braga

A poesia é necessária